すみっコぐらし™
ごほうびシール
P13・19・25・31・37・43・49・55・61・67にはってね。
やったね♪
やったね♪
がんばって
がんばって!
そのちょうし
そのちょうし
えらい!!!
えらい!!!
JN175670
SUMIKKO
ねこくさ
FRY
しおり&デコシール
しおりのつくり方&デコ方法はP5・6を見てね。
コツコツシール
P84・85・86にはってね。
©2016 San-X Co., Ltd. All Rights Reserved.

小学館

この本を手にとってくれたあなたへ

この本は、読書がすきな人も

楽しく続けら

本を読んで知ったことや

きっとあなたの

まずは、あなたが読んだ本の

読むだけでは気がつかなかった

すみっコたちと
いっしょに
本のたびに
出かけましょう！

ちょっとニガテな人も
れる読書ノートです。
感動した経験は、
支えになってくれるはず。

こと、なんでも書きこんでみて。
新しい発見があるかもしれません。

この本のつかい方 1

まずは、メインのノートのつかい方をおさえておこう。

読んだ本の題名をここに書いてね。

ノートページ

読んだ本について1冊ずつ記録をするページ。この本では50冊ぶん記録できるよ。

1さつ目

タイトル

作　せき

すきな登場人

しろくま、ぺんぎん？とんかつねこ

MEMO

すみっコぐらしいっぱい持ってすみっコたちの分かって、もーっとわたしの部屋にもすみっコがいたらなあ

ごほうびページ

5冊ごとにシールをはろう！

読書をがんばっている人へのごほうびページ。「すみっコひみつファイル」も見のがさないでね。

やったね♪

巻頭の「ごほうびシール」をペタ！

みはじめた日
8年 6月 22日 → 読みおわった日 28年 6月 27日

みっコぐらしストーリーズ

ちさと

お気に入り度
いろをぬろう。

すきな場面

元気がない
スミカをわらわせ
ようとして、
すみっコたちが
芸をひろう
したところ!

すきなセリフ

"いつも
いっしょ"
という言葉。
「すみっコの絵」に
かいて
あったの。

が大すきで、グッズも
いたけど、本を読んで
性格や、優しいところが
大すきになった♡

←わたし

1冊読むのに
どのくらい
かかったか、
日付を記録して
おこう。

その本はどのくらい
気に入った?
5段階で、たぴおかを
ぬりつぶそう。

気に入った
ポイントを
整理して、メモ
しておこう。

感想や、その本を選んだ
理由などを
自由に書いてね。
イラストもOK!

この本のつかい方②

ほかにも、お役立ちページや楽しいページが盛りだくさんだよ。

なんでもベスト5

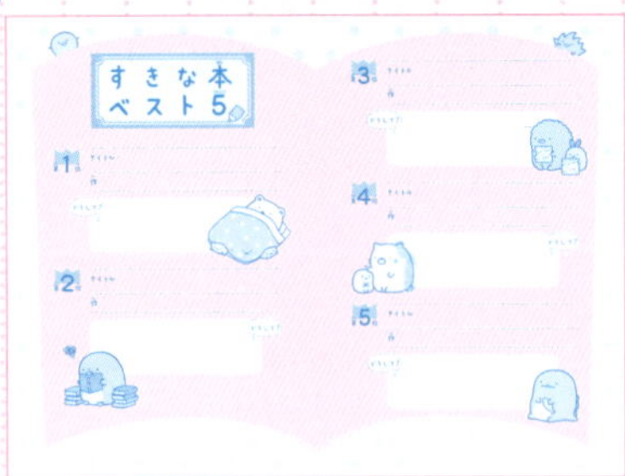

これまでに読んだ本をふりかえるページ。わらった本、じーんときた本、ドキドキした本……自分の中のベスト5はどれ？

読みたい本リスト

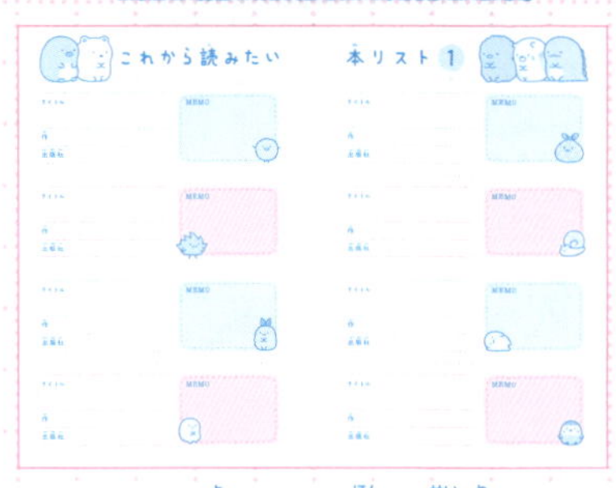

これから読みたい本を整理するページ。気になっている本や、友だちからすすめられた本があったらメモしておこう。

ぺんぎん？の読書たび

1冊読むごとに、巻頭の「コツコツシール」をはってね。読書ずきのぺんぎん？と、たびに出た気分になれるかも……!?

おまけ ハートのしおりをつくろう！

本の最後についている折り紙で、しおりが2つつくれるよ。さらに、巻頭の「しおり&デコシール」でデコっちゃおう！

ここからノートが
はじまるよ！

1
さつ目
読みはじめた日
年
月
日
→
読みおわった日
年
月
日
タイトル
作
お気に入り度
いろを
ぬろう。
すきな登場人物
すきな場面
すきなセリフ

MEMO

2 さつ目
読みはじめた日
年 月 日 →
読みおわった日
年 月 日
タイトル
作
お気に入り度
いろをぬろう。
すきな登場人物
すきな場面
すきなセリフ
MEMO

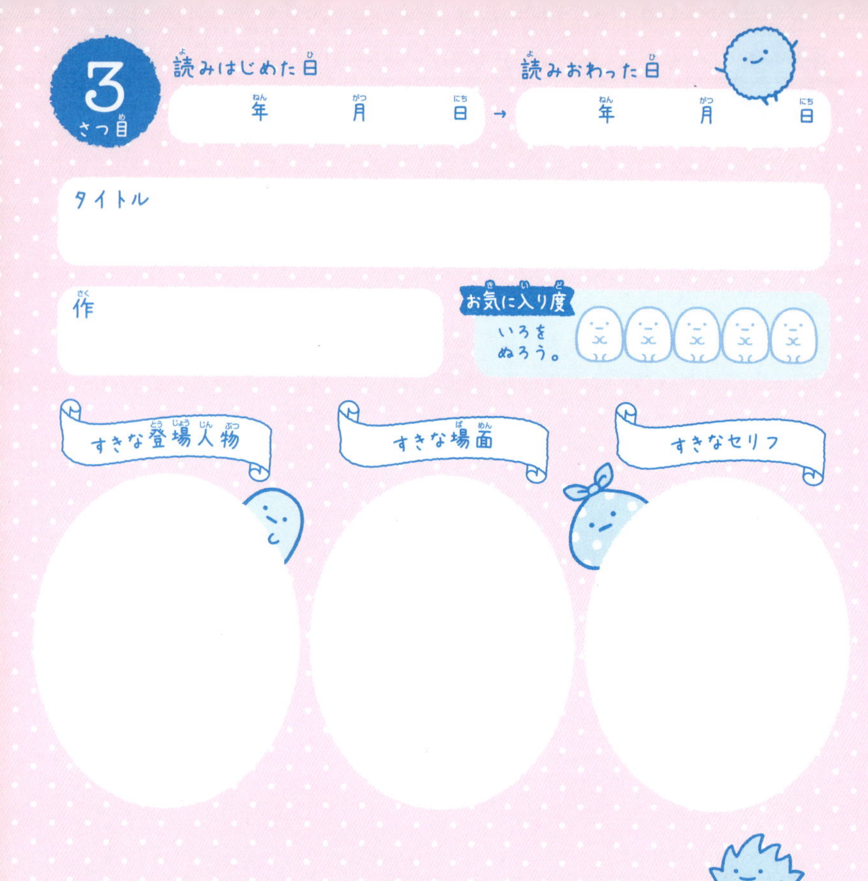
3さつ目
読みはじめた日
年 月 日 →
読みおわった日
年 月 日
タイトル
作
お気に入り度
いろをぬろう。
すきな登場人物
すきな場面
すきなセリフ

MEMO

4
さつ目
読みはじめた日
年 月 日
→
読みおわった日
年 月 日
タイトル
作
お気に入り度
いろを
ぬろう。
すきな登場人物
すきな場面
すきなセリフ

MEMO

5
さつ目
読みはじめた日
年 月 日 →
読みおわった日
年 月 日

タイトル

作

お気に入り度
いろを
ぬろう。

すきな登場人物
すきな場面

すきなセリフ

MEMO

まずは5冊、
どんな本を読んだかな？
選んだ理由も
メモしておこうね。

しろくま

北からにげてきた、
さむがりでひとみしりのくま。
あったかいお茶をのむのがすき。

6
さつ目
読みはじめた日
年 月 日
読みおわった日
年 月 日
Sumikko
タイトル
作
お気に入り度
いろをぬろう。
すきな登場人物
すきなセリフ
すきな場面

MEMO

すみっコ
ねこ

7 さつ目

読みはじめた日　　年　　月　　日 → 読みおわった日　　年　　月　　日

タイトル

作

お気に入り度
いろを
ぬろう。

MEMO

8
さつ目
読みはじめた日
年 月 日
→
読みおわった日
年 月 日
タイトル
作
お気に入り度
いろをぬろう。
すきな登場人物
すきなセリフ
すきな場面
MEMO

9さつ目

読みはじめた日　　年　月　日 → 読みおわった日　　年　月　日

タイトル

作

お気に入り度

いろをぬろう。

すきな登場人物

すきなセリフ

すきな場面

MEMO

10 さつ目

読みはじめた日
年　月　日 →

読みおわった日
年　月　日

タイトル

作

お気に入り度
いろを
ぬろう。

すきな登場人物

すきなセリフ

すきな場面

MEMO

おめでとう！
10冊読んだよ！
ペースはつかめてきた？
この調子ですきな本をどんどん
増やしていってね。
ここに
シールを
はろう。

すみっコひみつファイル②
ぺんぎん？
自分がぺんぎんなのか
自信がなくて、いつも
自分探しをしている。
読書ずき。
むかしは、
川で流れて
いたような？？

11
さつ目
読みはじめた日
年 月 日
読みおわった日 ↓
年 月 日

タイトル
作
お気に入り度
いろをぬろう。
すきな登場人物
すきな場面
すきなセリフ

MEMO

12 さつ目

読みはじめた日

年　月　日

読みおわった日

年　月　日

タイトル

作

お気に入り度

いろをぬろう。

すきな登場人物

すきな場面

すきなセリフ

MEMO

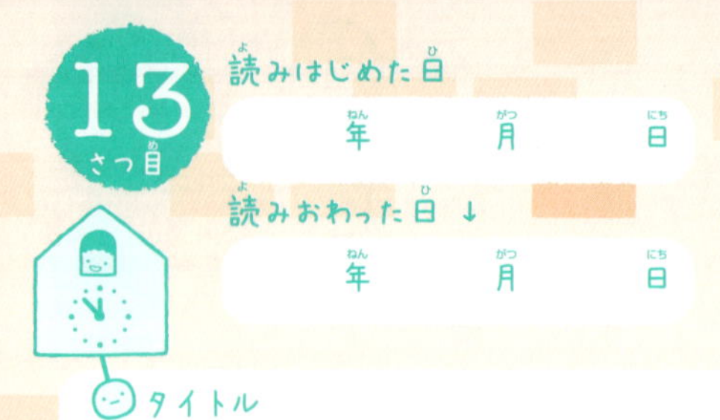
13
さつ目
読みはじめた日
年 月 日
読みおわった日 ↓
年 月 日

タイトル

作

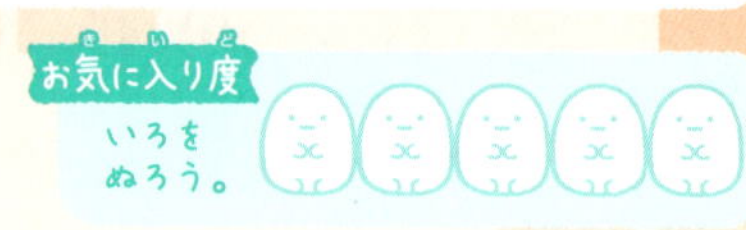
お気に入り度
いろを
ぬろう。

すきな登場人物
すきな場面

すきなセリフ

タルタルソース

ソース
からし

MEMO

読みはじめた日

年　　月　　日

読みおわった日 ↓

年　　月　　日

タイトル

作

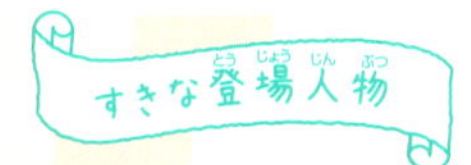

MEMO

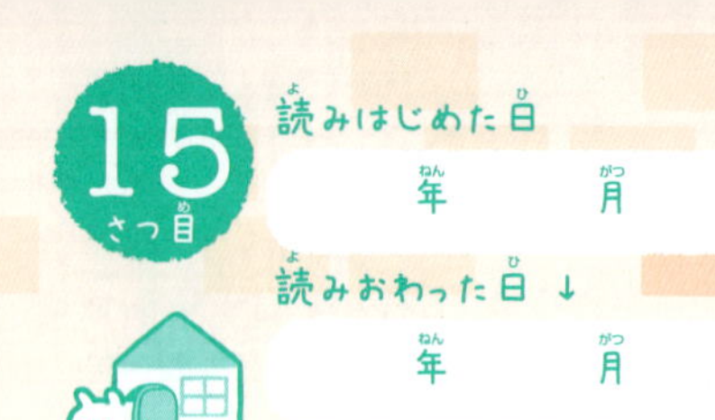
15
さつ目
読みはじめた日
年 月 日
読みおわった日 ↓
年 月 日

タイトル

作

お気に入り度
いろを
ぬろう。
すきな登場人物
すきな場面
すきなセリフ

TA
PI
OCA

MEMO

おめでとう！
15冊
読んだよ！
お友だちはどんな本を
読んでいるのか気になるね。
こっそり教えてもらっちゃお。
ここに
シールを
はろう。
FRY

すみっコファイル③
ひみつ
ねこ
はずかしがりやのねこ。
よくすみっこで、後ろをむいて
つめをといでいる。ねこかんずき。
ガリ
ガリ
ねこくさ
性格：けんきょ
りそうのすがた
スリムな体と長いしっぽに
あこがれているよ。

16
さつ目
読みはじめた日
年 月 日 →
読みおわった日
年 月 日
タイトル
作
マスターのコーヒー
このよでいちばん
うまい
お気に入り度
いろを
ぬろう。
SUMIKKO
Coffee
PREMIUM
すきな登場人物
すきなセリフ
すきな場面
SUMIKKO
GURASHI
COFFEE

MEMO

ねこ

17 さつ目
読みはじめた日
年 月 日 →
読みおわった日
年 月 日
タイトル
作
お気に入り度
いろをぬろう。
すきな登場人物
すきなセリフ
すきな場面
MEMO

いつもの
お、おなじの…
ふき
ふき

18 さつ目

読みはじめた日　年　月　日 → 読みおわった日　年　月　日

タイトル

作

お気に入り度

いろをぬろう。

すきな登場人物

すきなセリフ

すきな場面

MEMO

19
さつ目
読みはじめた日
読みおわった日
年 月 日 → 年 月 日
タイトル
作
お気に入り度
いろをぬろう。
すきな登場人物
すきなセリフ
すきな場面
MEMO

20
さつ目
読みはじめた日
年 月 日 →
読みおわった日
年 月 日
タイトル
喫茶
すみっコ
作
お気に入り度
いろを
ぬろう。
すきな登場人物
すきなセリフ
すきな場面

MEMO

SUMIKKO
GURASHI TM

読書に集中しすぎてつかれたら、あたたかいのみものがおすすめ。ホッとするよ。

21
さつ目
読みはじめた日
年 月 日 →
読みおわった日
年 月 日
タイトル
作
お気に入り度
いろをぬろう。
すきな登場人物
すきなセリフ
すきな場面
…

MEMO

22
さつ目
読みはじめた日
読みおわった日
年 月 日 → 年 月 日
タイトル
作
お気に入り度
いろを
ぬろう。
すきな登場人物
すきなセリフ
すきな場面
水によわい。
べしゃあ

MEMO

読みはじめた日 年 月 日 → 読みおわった日 年 月 日

タイトル

作

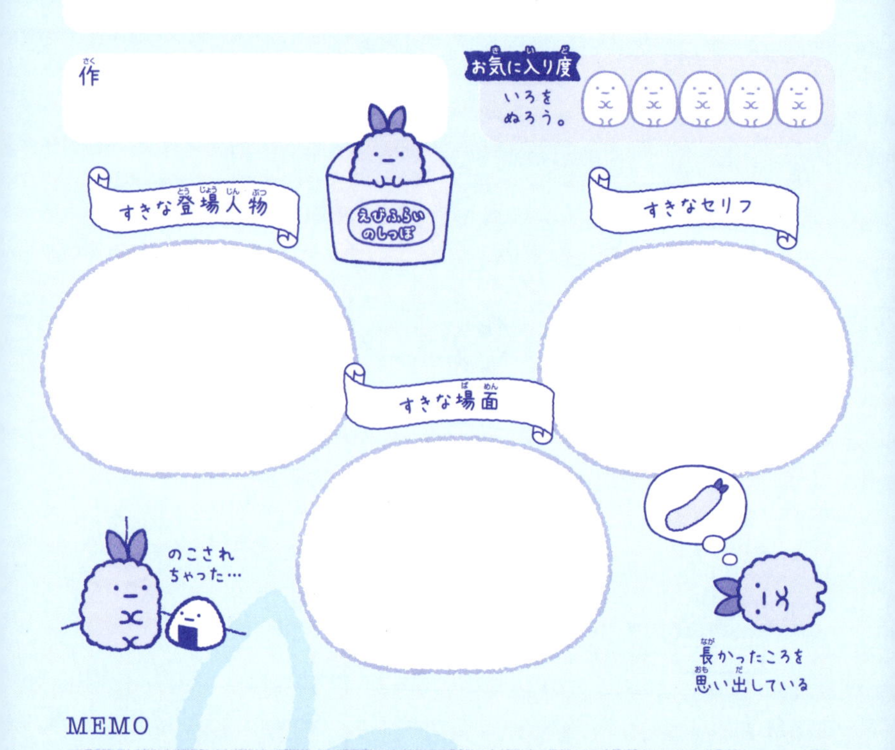

MEMO

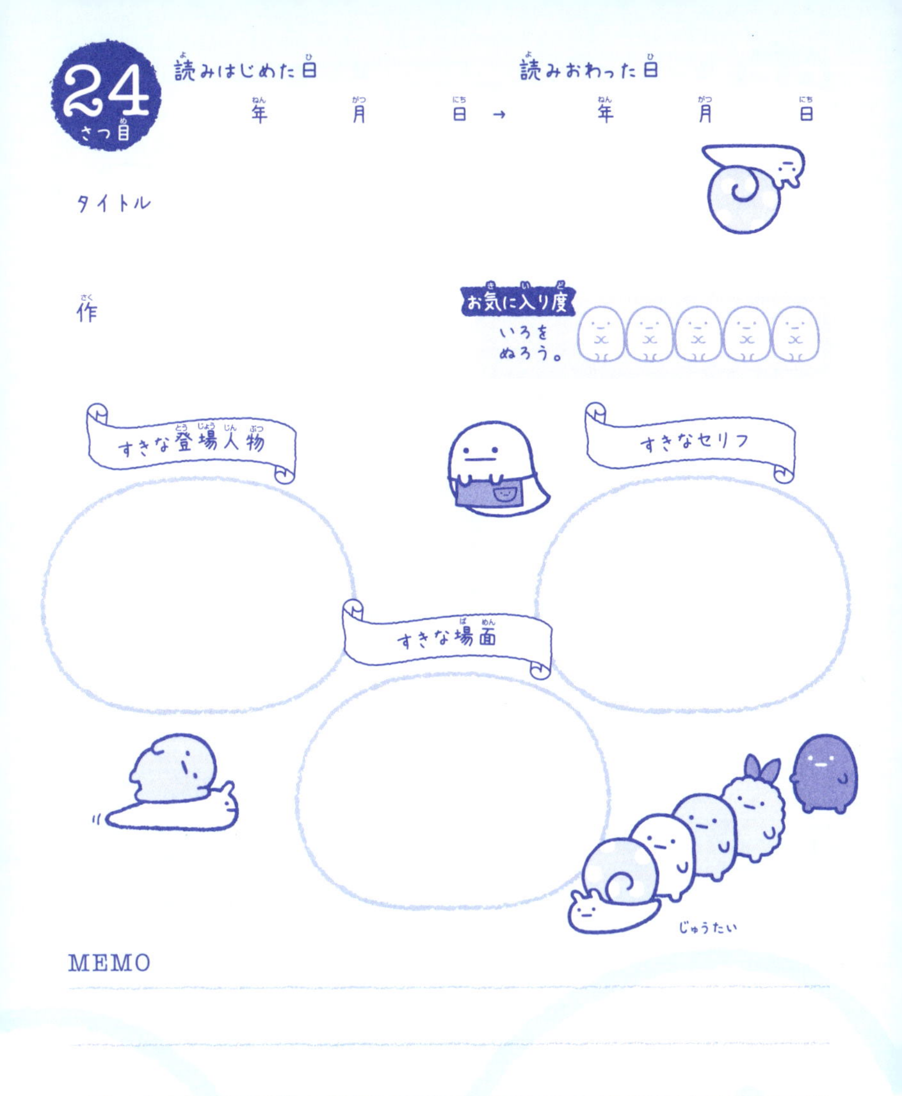

24 さつ目

読みはじめた日　年　月　日 → 読みおわった日　年　月　日

タイトル

作

お気に入り度 いろをぬろう。

すきな登場人物

すきなセリフ

すきな場面

じゅうたい

MEMO

25
さつ目
読みはじめた日
年 月 日 →
読みおわった日
年 月 日
タイトル
作
お気に入り度
いろをぬろう。
すきな登場人物
やってらんね
すきなセリフ
すきな場面
とことこ…
ぷる
ぷる

MEMO

おめでとう！ 25冊読んだよ！

目標の50冊まであと半分。
これまで読んだ本の感想も、
たまに読み返してみよう。

読みはじめた日

年　月　日 →

読みおわった日

年　月　日

タイトル

作

お気に入り度

いろをぬろう。

MEMO

27
さつ目
読みはじめた日
年
月
日
→
読みおわった日
年
月
日
タイトル
作
お気に入り度
いろをぬろう。
すきな登場人物
すきな場面
すきなセリフ

MEMO

すきな登場人物

すきな場面

すきなセリフ

MEMO

29 さつ目

読みはじめた日　年　月　日 → 読みおわった日　年　月　日

タイトル

作

お気に入り度

いろをぬろう。

すきな登場人物

すきな場面

すきなセリフ

MEMO

30 さつ目

読(よ)みはじめた日(ひ)

年(ねん)　月(がつ)　日(にち) →

読(よ)みおわった日(ひ)

年(ねん)　月(がつ)　日(にち)

タイトル

作(さく)

お気(き)に入(い)り度(ど)

いろをぬろう。

すきな登場人物(とうじょうじんぶつ)

すきな場面(ばめん)

すきなセリフ

MEMO

おめでとう！30冊読んだよ！

ここまで読み続けてきたあなたは、きっと、最初のころより物知りになっているはず♪

すみっコファイル⑥

えびふらいのしっぽ

かたくて食べ残されちゃった…。あげものの「とんかつ」となかよしだよ。

たまにあぶらぶろに入って
カラッとあげなおす。

31
さつ目
読みはじめた日
年 月 日
→
読みおわった日
年 月 日
タイトル
Sumikko
作
お気に入り度
いろを
ぬろう。
すきな登場人物
すきなセリフ
すきな場面

MEMO

すみっコ
ねこ

32 さつ目

読みはじめた日　年　月　日 → 読みおわった日　年　月　日

タイトル

作

お気に入り度
いろを
ぬろう。

すきな登場人物

すきなセリフ

すきな場面

MEMO

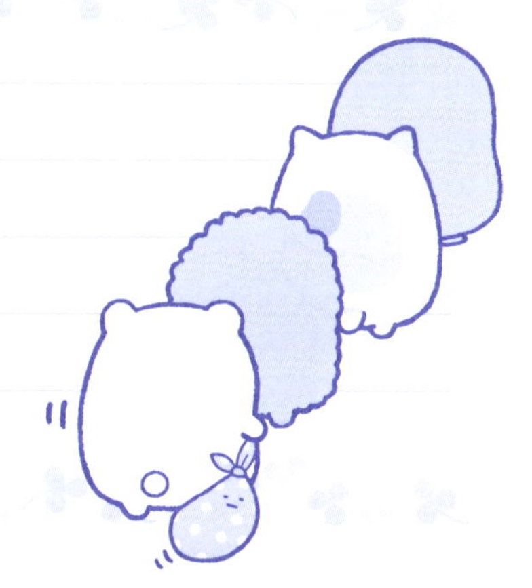

33
さつ目
読みはじめた日
年 月 日
→
読みおわった日
年 月 日
タイトル
作
お気に入り度
いろをぬろう。
すきな登場人物
すきなセリフ
すきな場面

MEMO

34
さつ目
読みはじめた日
年 月 日
→
読みおわった日
年 月 日
タイトル
作
お気に入り度
いろをぬろう。
すきな登場人物
すきなセリフ
すきな場面

MEMO

35
さつ目

読みはじめた日
年　月　日
→
読みおわった日
年　月　日

タイトル

作

お気に入り度
いろをぬろう。

すきな登場人物

すきなセリフ

すきな場面

MEMO

おめでとう！
35冊読んだよ！

ここにシールをはろう。

とちゅうでやめてしまった本も、あらためて読むと面白く感じるかも。再チャレンジしてみて。

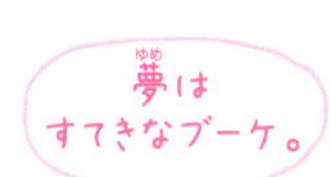

ざっそう

明るくポジティブな草。いつか、あこがれのお花やさんで、ブーケにしてもらうのが夢。

「ねこ」となかよし。よく水をかけてもらっているよ。

36さつ目

読みはじめた日

年　月　日

読みおわった日 ↓

年　月　日

タイトル

作

お気に入り度

いろをぬろう。

すきな登場人物

すきな場面

すきなセリフ

MEMO

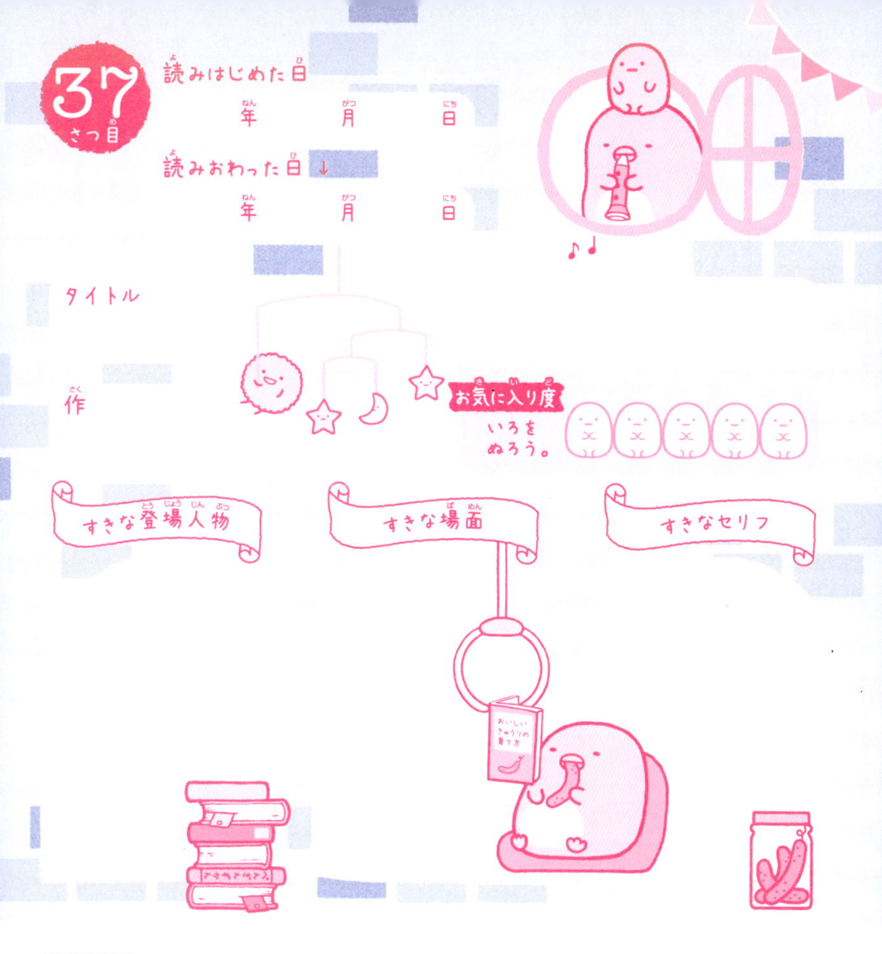

37さつ目

読みはじめた日

年　月　日

読みおわった日

年　月　日

タイトル

作

お気に入り度

いろをぬろう。

すきな登場人物

すきな場面

すきなセリフ

MEMO

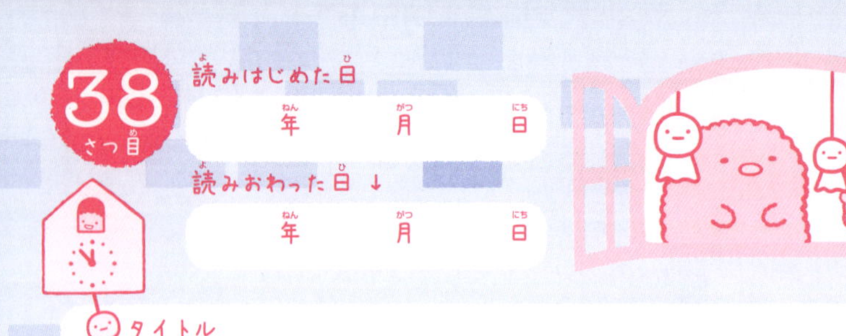

38 さつ目

読みはじめた日

年　月　日

読みおわった日 ↓

年　月　日

タイトル

作

お気に入り度

いろをぬろう。

すきな登場人物

すきな場面

すきなセリフ

MEMO

読みはじめた日

年　　月　　日

読みおわった日 ↓

年　　月　　日

タイトル

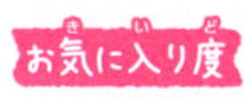

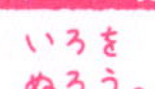

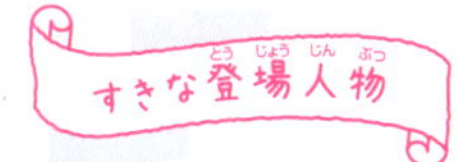

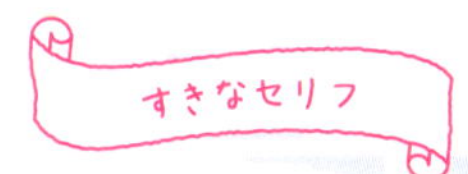

MEMO

40
さつ目
読みはじめた日
年
月
日
読みおわった日 ↓
年
月
日
タイトル
作
お気に入り度
いろを
ぬろう。
すきな登場人物
すきな場面
すきなセリフ
TA
PI
OCA
MEMO

おめでとう！
40冊
読んだよ！
お気に入りの作家さんが
見つかったら、その人の
ほかの作品にも注目してみよう！
ここに
シールを
はろう。

すみっコファイル⑧
たぴおか
ミルクティーに入っていたたぴおか。
すいにくいから、残されてしまった…。
ブラック
たぴおか
ブラック
たぴおかは、
ふつうの
たぴおかより
もっと
ひねくれている。
やってらんね

41
さつ目
読みはじめた日
年 月 日
→
読みおわった日
年 月 日
タイトル
マスターのコーヒー
このよでいちばんうまい
作
お気に入り度
いろをぬろう。
SUMIKKO
Coffee
PREMIUM
すきな登場人物
すきなセリフ
すきな場面
SUMIKKO
GURASHI
COFFEE
MEMO
ねこ

42 さつ目

読みはじめた日　年　月　日 →
読みおわった日　年　月　日

タイトル

作

お気に入り度
いろをぬろう。

すきな登場人物

すきなセリフ

すきな場面

MEMO

年　月　日 → 読みおわった日 年　月　日

タイトル

作

お気に入り度
いろをぬろう。

MEMO

読みはじめた日　　年　月　日 → 読みおわった日　　年　月　日

タイトル

作

お気に入り度
いろをぬろう。

MEMO

45 さつ目

読みはじめた日　　年　月　日 → 読みおわった日　　年　月　日

タイトル

作

お気に入り度
いろをぬろう。

すきな登場人物

すきなセリフ

すきな場面

MEMO

おめでとう！

45冊読んだよ！

いよいよ50冊までラストスパート。
シリーズものや、
長めのストーリーにも
チャレンジしてみて！

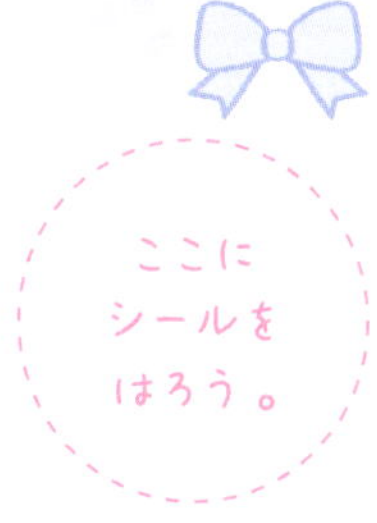

46
さつ目
読みはじめた日
年　月　日
→
読みおわった日
年　月　日
タイトル
作
お気に入り度
いろをぬろう。
すきな登場人物
すきなセリフ
すきな場面
MEMO

47
さつ目
読みはじめた日
年 月 日 →
読みおわった日
年 月 日
タイトル
作
お気に入り度
いろをぬろう。
すきな登場人物
すきなセリフ
すきな場面
水によわい。
べしゃあ

MEMO

48
さつ目

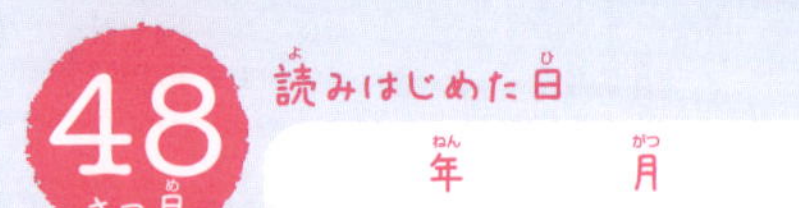

読みはじめた日
年　月　日 →
読みおわった日
年　月　日

タイトル

作

お気に入り度
いろをぬろう。

MEMO

49
さつ目
読みはじめた日
年
月
日
→
読みおわった日
年
月
日
タイトル
作
お気に入り度
いろを
ぬろう。

すきな登場人物
すきなセリフ
すきな場面
じゅうたい

MEMO

50さつ目
読みはじめた日
年 月 日
→
読みおわった日
年 月 日
タイトル
作
お気に入り度
いろをぬろう。
すきな登場人物
やってらんね
すきなセリフ
すきな場面
とことこ…
ぷる
ぷる
MEMO

やったね、
ついに50冊達成！
本からもらった
感動を忘れずに、
これからも
読書を続けよう！

ほこり

へやのすみっこにたまる、
能天気なやつら。
いつもヘラヘラ
わらっているよ。

どこにでも入りこむ。
そのたびに「おばけ」に
そうじされちゃう…。

すみっコたちに関(かん)するクイズにちょうせん！ まよったら「すみっコひみつファイル」にもどるとヒントがあるかも…。こたえは87ページを見(み)てね。

第(だい)1問(もん) すきなもの3択(たく)クイズ

すみっコたちのすきなものをあ～うからひとつだけえらんでね。

しろくま

あ お茶(ちゃ)

い タルタルソース

う こわれたカサ

ぺんぎん？

あ ゴミ箱(ばこ)

い しょうゆ

う きゅうり

とんかつ

あ かいがら

い ソース

う シャンプーボトル

ねこ

あ ねこかん

い みかん

う ラジカセ

第2問　○×クイズ

正しい説明には○、
まちがっている説明には×をつけよう。

（1）しろくまはつめたいお茶がすき。 □
（2）とんかつは、50%がおにく。あとはしぼう。 □
（3）えびふらいのしっぽは、むかしは長かった。 □
（4）とかげは、じつはきょうりゅうの生き残り。 □
（5）ねこは、明るくておしゃべりな性格。 □
（6）たぴおかにはひねくれものがいる。 □
（7）ぺんぎん？は読書ずき。 □
（8）ほこりが集まると大きくなる。 □

第3問　なかよし線つなぎクイズ

なかよしのすみっコどうしを線でつなごう。

とかげ　とんかつ　ねこ　しろくま

ふろしき　にせつむり　ざっそう　えびふらいのしっぽ

次は、これまでに読んだ本をふりかえるページだよ！

すきな本ベスト5

第1位

タイトル

作

どうして？

第2位

タイトル

作

第3位

タイトル

作

どうして？

第4位

タイトル

作

どうして？

第5位

タイトル

作

どうして？

第1位

タイトル

ことば

第2位

タイトル

ことば

第3位

タイトル

ことば

第4位

タイトル

ことば

第5位

タイトル

ことば

第1位

登場人物

タイトル

どうして？

登場人物

タイトル

どうして？

第2位

登場人物

第3位

タイトル

どうして？

第4位

登場人物

タイトル

どうして？

第5位

登場人物

タイトル

どうして？

すきな登場人物ベスト5

わらった本ベスト5

第1位

タイトル

作

どうして？

第2位

タイトル

作

どうして？

第3位

タイトル

作

どうして？

第4位

タイトル

作

どうして？

第5位

タイトル

作

どうして？

第1位

タイトル

どうして？

作

第2位

タイトル

どうして？

作

第3位

タイトル

どうして？

作

第4位

タイトル

どうして？

作

第5位

タイトル

どうして？

作

ドキドキした本(ほん)ベスト5(ファイブ)

第(だい)1位(い)

タイトル

作(さく)

どうして？

第(だい)2位(い)

タイトル

作(さく)

どうして？

第(だい)3位(い)

タイトル

作(さく)

どうして？

第(だい)4位(い)

タイトル

作(さく)

どうして？

第(だい)5位(い)

タイトル

作(さく)

どうして？

勉強になった本 ベスト5

第1位
タイトル
作
どうして？

第2位
タイトル
作
どうして？

第3位
タイトル
作
どうして？

第4位
タイトル
作
どうして？

第5位
タイトル
作
どうして？

これから読みたい

タイトル

作

出版社

MEMO

タイトル

作

出版社

MEMO

タイトル

作

出版社

MEMO

タイトル

作

出版社

MEMO

本リスト 1

タイトル

作

出版社

タイトル

作

出版社

タイトル

作

出版社

タイトル

作

出版社

MEMO

これから読(よ)みたい

タイトル

作(さく)

出版社(しゅっぱんしゃ)

MEMO

タイトル

作(さく)

出版社(しゅっぱんしゃ)

MEMO

タイトル

作(さく)

出版社(しゅっぱんしゃ)

MEMO

タイトル

作(さく)

出版社(しゅっぱんしゃ)

MEMO

本(ほん)リスト 2

タイトル

作(さく)

出版社(しゅっぱんしゃ)

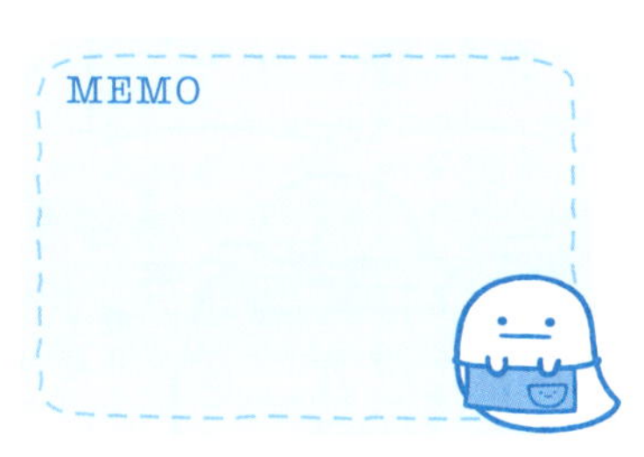

タイトル

作(さく)

出版社(しゅっぱんしゃ)

タイトル

作(さく)

出版社(しゅっぱんしゃ)

MEMO

タイトル

作(さく)

出版社(しゅっぱんしゃ)

ぺんぎん？の
読書たび
ぺんぎん？といっしょに50冊本を読もう。巻頭のコツコツシールを1冊ごとにはってね。
すみっコ
自分探しにしゅっぱつするよ。
スタート！
1
2
3
4
5
6
7
8
9
10
11
12
13
14
読みたい本がい〜っぱい！どれから手をつける？
リズムがつかめてきたかな？
あ〜…
22
23
24
25

しんけん！
15
16
すごい！どんどん読もう!!
17
18
次のページへ!!
19
20
21
35
だいじょうぶ？
むりはきんもつ。
中だるみもあってOK。自分のペースで進めよう！
34
33
32
31
半分きた！
でも、まだまだ
先は長いよ。
30
29
28
27
26
あと、20冊！

37
39
38
36
休けいもひつようだよね。
40
42
41
44
43
45
46
ゴールまであともう少し！
47
つんっ
48
GOAL!
49
50
50冊達成、おめでとう!!!

すみっコひみつクイズ こたえ

★68.69ページの問題を先に見てね！

第1問

しろくま
あ お茶
さむがりなので、あったかいお茶をのむのがすき。

ぺんぎん？
う きゅうり
きゅうりの育て方が書いてある本を読んでいることも。

とんかつ
い ソース
おいしく食べてもらうためのアピールに使うよ。

ねこ
あ ねこかん
ねこかん大すき。スリムな体型は、夢のまた夢？

第2問

（1）× しろくまはあったかいお茶がすき。

（2）× おにくは1%だけで、残りの99%はしぼう。

（3）○ こーんなに長かった！

（4）○ おかあさんのすがたを見ると、なっとく。

（5）× はずかしがりやで、ひかえ目な性格。

（6）○ ブラックたぴおかっていうひねくれものがいるよ。

（7）○ 自分探しのためにたくさん本を読んでいる。

（8）○ 大きくも、小さくもなれるよ。

第3問

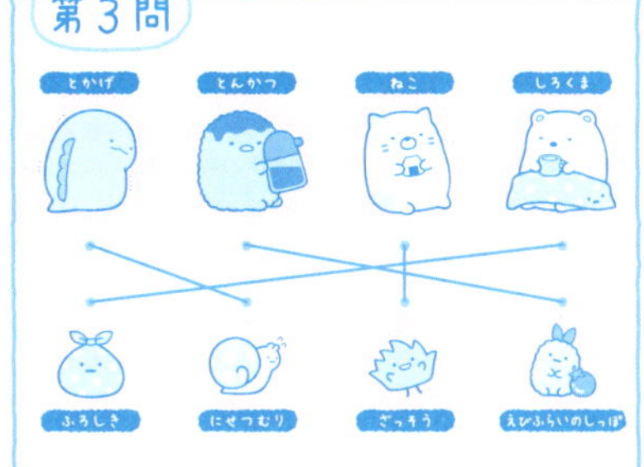

いっぱい正解できたコは、すみっコ通だね！！

すみっココラム すみっコたちの身長＆体重ランキング

とっておきのひみつを、大こうかいしちゃうよ！

せのじゅん

「しろくま」と「ねこ」は、耳の分だけちょっと高くて「ぺんぎん？」は足がみじかいから、せも低め。

おもさじゅん

耳やしっぽ、せびれがあるから「ねこ」と「とかげ」は重め。「とんかつ」のあぶらはいがいと軽い。

MEMO

Sumikko

MEMO

MEMO

ちゃおノベルズ

すみっコぐらしの読書ノート

2016年 6月27日 初版第1刷発行
2023年 12月23日 第9刷発行

原作・イラスト／サンエックス
(http://www.san-x.co.jp/)

構成／和田明子
デザイン／金田一亜弥（金田一デザイン）
編集／伊藤 澄
制作／松田貴志子 望月公栄 遠山礼子
宣伝／鈴木里彩
販売／飯田彩音

発行者／井上拓生
編集人／今村愛子
発行所／株式会社 小学館
〒101－8001
東京都千代田区一ツ橋2－3－1
電話／編集 03-3230-5105
販売 03-5281-3555
印刷所／三晃印刷株式会社
製本所／株式会社若林製本工場

Printed in Japan ISBN978-4-09-289577-5

すみっコたちの
かわいいお話
『すみっコぐらし
ストーリーズ』も
よろしくね。
感想は、
この読書ノートに
書こう！！

おまけ
ハートのしおりをつくろう！
＊最初に下の折り紙を ----- で切り取ってね。
①
線のように、
折り目を
つけてもどす。
②
三角に
折り目を
つける。
③
点線で
後ろに
折る。
④
点線で
手前に
折る。
⑤
点線で
後ろに
折る。
⑥
★から指を入
れ袋をひらいて
つぶす。
⑦
もう片方も
同じよう
に。
⑧
角を４ヵ所
手前に折り、
うらがえすと…。
かん
せい★

ハートの
しおりを
デコ!
巻頭のシールを
はったり、名前を
書いたりして
自分だけの
しおりをつくろう★
名前も
書けるよ。
ゆいか
シールを
ペタ!
*うらがわは
とくにしっかり
はってね。